This book is dedicated to the memory of my grandmother, Braulia Garza, who always warned me not to play outside late at night because La Lechuza might swoop down from the sky and steal me away.

≈ XG ≈

Le dedico este libro a la memoria de mi abuela Braulia Garza, quien siempre me advirtió que no jugara afuera hasta muy tarde porque la Lechuza podía bajar del cielo y robarme.

≈ XG ≈

Nine-year-old Zulema Ortiz was the meanest little girl in the whole wide world.

At school every kid was scared of Zulema because everyone knew her as a mean-spirited bully. She was even kicked out of the Girl Scouts after just one week because she threw rocks at people who didn't buy her cookies.

Small puppies and cute little kittens would all run away and hide whenever they saw Zulema coming. They knew that she'd grab their tails and swing them round and round until they spun as fast as airplane propellers.

"What can I do to stop her horrendous behavior?" Zulema's mother wondered.

Zulema Ortiz tenía nueve años, y era la niña más mala de todo el mundo.

En la escuela todos los niños le tenían miedo porque sabían que era una niña muy cruel. Fue expulsada de las Girl Scouts después de sólo una semana por tirarle piedras a todos los que no compraban sus galletas.

Los perritos y lindos gatitos se alejaban y escondían cuando veían venir a Zulema. Sabían que los tomaría de las colas y los haría girar y girar tan rápido como hélices de aviones.

—¿Qué puedo hacer para acabar con su comportamiento tan horrible? —se preguntaba la mamá de Zulema.

ZULEMA AND THE WITCH OWL
ZULEMA Y LA BRUJA LECHUZA

By / Por Xavier Garza
Illustrations by / Ilustraciones de Xavier Garza
Spanish translation by / Traducción al español de Carolina Villarroel

PIÑATA
BOOKS

Piñata Books
Arte Público Press
Houston, Texas

Publication of *Zulema and the Witch Owl* is funded by grants from the City of Houston through the Houston Arts Alliance, the Clayton Fund, and the Exemplar Program, a program of Americans for the Arts in collaboration with the LarsonAllen Public Services Group, with funding from the Ford Foundation. We are grateful for their support.

Esta edición de *Zulema y la Bruja Lechuza* ha sido subvencionada por la Ciudad de Houston por medio del Houston Arts Alliance, el Fondo Clayton y el Exemplar Program, un programa de Americans for the Arts en colaboración con LarsonAllen Public Services Group, con fondos de la Fundación Ford. Les agradecemos su apoyo.

Piñata Books are full of surprises!
¡Piñata Books están llenos de sorpresas!

Piñata Books
An Imprint of Arte Público Press
University of Houston
452 Cullen Performance Hall
Houston, Texas 77204-2004

Garza, Xavier.
   Zulema and the Witch Owl / by Xavier Garza; illustrations by Xavier Garza; Spanish translation by Carolina Villarroel = Zulema y la Bruja Lechuza / por Xavier Garza; ilustraciones de Xavier Garza; traducción al español de Carolina Villarroel.
      p.   cm.
   Summary: Nine-year-old Zulema, the meanest girl in school, decides to change her wicked ways after receiving a visit by the witch owl.
   ISBN 978-1-55885-515-1 (alk. paper)
   [1. Behavior—Fiction. 2. Witches—Fiction. 3. Mexican Americans—Fiction. 4. Spanish language materials—Bilingual.] I. Villarroel, Carolina. II. Title. III. Title: Zulema y la bruja lechuza.
PZ73.G3683 2009
[E]—dc22

                                                                    2008034629
                                                                    CIP

9 0 1 2 3 4 5 6 7 8   10 9 8 7 6 5 4 3 2 1

One evening, Zulema learned that Grandma Sabina was going to come and live with them. At almost ninety years old, Grandma Sabina was the oldest living member of the Ortiz family.

"You had best be respectful of Grandma Sabina," warned Zulema's mother sternly, fearful that her mean-spirited daughter might say or do something offensive.

Una tarde, Zulema se enteró que Abuela Sabina iba a venir a vivir con ellos. A sus casi noventa años, Abuela Sabina era el miembro más viejo de la familia Ortiz.

—Debes tener mucho respeto de Abuela Sabina —advirtió severamente la mamá de Zulema. Temía que su cruel hija pudiera decir o hacer algo ofensivo.

As soon as Grandma Sabina arrived, Zulema walked right up to her and said, "You sure look old and ugly. Why is your skin all wrinkled like an elephant's trunk?"

"Zulema, apologize to your grandmother this very instant!" warned Zulema's mother. But naughty Zulema only laughed and stuck out her tongue.

"You must be the meanest little girl in the whole wide world," said Grandma Sabina. "You had best stop being so mean, my child," she warned sternly. "For if you don't, the Witch Owl will surely come and take you away. She always comes looking for mean little boys and girls who don't mind their mothers or respect their elders."

"Ha, ha, ha," laughed Zulema. "There's no such thing as a Witch Owl. Those are just silly stories!"

En cuanto llegó Abuela Sabina, Zulema la enfrentó y le dijo, —Qué vieja y fea te ves. ¿Por qué tienes la piel tan arrugada como la trompa de un elefante?

—Zulema, ¡discúlpate de tu abuela inmediatamente! —advirtió la mamá de Zulema. Pero la traviesa Zulema sólo se rio y le sacó la lengua.

—Tú debes ser la niña más cruel de todo el mundo, —dijo Abuela Sabina—. Vale más que dejes de ser tan cruel, mi niña, —advirtió severamente—. Porque si no, la Bruja Lechuza vendrá a llevarte. Ella siempre persigue a los niños malos que no obedecen a sus madres ni respetan a sus mayores.

—Ja, ja, ja, —rio Zulema—. No existen brujas lechuzas. ¡Sólo existen en historias tontas!

Zulema had heard tales of the Witch Owl, a woman who could magically transform herself into a giant white owl and snatch mean children.

"Doubt all you want, little girl, but the Witch Owl is real," warned Grandma Sabina. "If you don't change your ways, the Witch Owl will surely come and pay you a visit sooner than you think."

Zulema only laughed at her grandmother's warning and ran outside to play.

Zulema había escuchado cuentos de la Bruja Lechuza, una mujer que podía transformarse mágicamente en una lechuza blanca y gigante que se robaba a los niños malos.

—Duda todo lo que quieras, pequeñita, pero la Bruja Lechuza es real, —advirtió Abuela Sabina—. Si no cambias de actitud, la Bruja Lechuza vendrá a visitarte antes de lo que imaginas.

Zulema se rio de la advertencia de su abuela y salió corriendo a jugar.

That night, Zulema got in bed to go to sleep. But no sooner had her tired head hit the pillow than she heard the sound of someone tapping on her bedroom window. *Tap, tap, tap.* The sudden sounds startled Zulema. She got out of bed and went over to the window to see who was tapping. When Zulema opened the curtains, there was no one there.

Esa noche, Zulema se acostó. Pero en cuanto su cansada cabeza tocó la almohada, oyó a alguien tocando en la ventana de su cuarto. *Toc, toc, toc.* Los repentinos golpecitos asustaron a Zulema. Se levantó de la cama y fue hasta la ventana para ver quién tocaba. Pero cuando Zulema abrió las cortinas, no vio a nadie.

"It must have been my imagination," thought Zulema as she went back to bed. No sooner had she closed her eyes than she once more heard the sounds of someone tapping at her window. It sounded louder this time: *TAP, TAP, TAP*.

"Who's out there?" Zulema asked, once again jumping out of bed and running to the window. But when she opened the curtains, once again there was no one there.

—Debe haber sido mi imaginación, —pensó Zulema mientras volvía a su cama. Pero en cuanto cerró los ojos oyó nuevamente a alguien tocando a la ventana. Esta vez el sonido era más fuerte: *TOC, TOC, TOC*.

—¿Quién es? —preguntó Zulema, levantándose otra vez de la cama y corriendo hasta la ventana. Pero cuando abrió las cortinas, otra vez no vio a nadie.

Zulema began to walk back to her bed, when once again she heard the sound of someone tapping at her window. *TAP, TAP, TAP*. The noise was so loud now that it rattled the windowpane.

"That's it," she cried out angrily, her hands clenched into fists. "Nobody plays tricks on me," she warned, thinking someone was trying to scare her. "Only *I* can play tricks!"

Once again, she threw the curtains wide open.

Zulema comenzó a volver a su cama, cuando nuevamente escuchó a alguien tocando a la ventana. *TOC, TOC, TOC.* Esta vez el ruido fue tan fuerte que estremeció los cristales.

—¡Ya basta! —gritó enojada y con las manos empuñadas. —Nadie se burla de mí, —advirtió, pensando en que alguien estaba tratando de asustarla. —¡*Yo* soy la única que se burla de los demás!

Una vez más abrió las cortinas.

"Ayyyyy," screamed Zulema, her face going pale and filling with fear! She could not believe her eyes. Flying right outside her window was a giant white owl that was over seven feet tall!

"The Witch Owl!" screamed Zulema. "The Witch Owl is here! Help!"

Zulema screamed at the top of her lungs, but no one came to help her. The Witch Owl stared at Zulema from outside the window. Its eyes were glowing red, as if they were twin balls of fire. The Witch Owl suddenly flew at the window, banging its head hard against the glass and causing it to crack!

—¡Ayyyyy! —gritó Zulema y se puso pálida de miedo. No podía creer lo que veía. Volando al otro lado de la ventana había una lechuza blanca de más de siete pies de alto.

—¡La Bruja Lechuza! —gritó Zulema—. ¡La Bruja Lechuza está aquí! ¡Socorro!

Zulema gritó con todas sus fuerzas, pero nadie vino a socorrerla. La Bruja Lechuza se fijó en Zulema desde el otro lado de la ventana. Sus ojos eran de color rojo fosforescente como si fueran dos bolas de fuego. Repentinamente, la Bruja Lechuza voló hacia la ventana y golpeó su cabeza fuertemente contra el cristal ¡quebrándolo!

SMAASHH!!! Shards of broken glass flew at Zulema's feet. Speechless, Zulema watched as the Witch Owl slowly soared into the room and landed on her bed.

"Mean child," said the Witch Owl, glaring at Zulema with accusing eyes. "You're a mean, mean bully. That's why I have come to take you away!"

¡¡CRASH!!! Pedazos de cristal volaron hasta los pies de Zulema. Sin poder decir ni una palabra Zulema observó a la Bruja Lechuza entrando lentamente al cuarto y aterrizando en su cama.

—¡Niña cruel! —dijo la Bruja Lechuza, mirando a Zulema con ojos acusadores—. Eres una niña muy, muy cruel. ¡Por eso vine a llevarte lejos!

"Help me!" cried out Zulema.

"You're the meanest girl I have ever seen. That's why I'll steal you away, so you'll never be mean to anyone again." The Witch Owl soared off the bed and landed behind Zulema. She could feel the bird's hot breath on the back of her neck.

"I'm sorry! I can change," Zulema pleaded. "I don't want to be taken away from my mommy! If you give me a second chance, I promise that I'll change."

The Witch Owl paused for a moment, as if measuring the sincerity of Zulema's words.

—¡Socorro! —lloró Zulema.

—Eres la niña más cruel que haya visto. Por eso te voy a robar para que nunca más seas cruel con nadie. —La Bruja Lechuza voló desde la cama y aterrizó detrás de Zulema. Podía sentir el aliento caliente del pájaro en la nuca.

—¡Lo siento! Puedo cambiar, —rogó Zulema. –¡No quiero que me lleves lejos de mi mami! Si me das otra oportunidad, prometo que cambiaré.

La Bruja Lechuza se detuvo por un momento como si midiera la sinceridad de las palabras de Zulema.

"A promise?" the Witch Owl asked. "Are you making me a promise to be good? That you'll stop being mean to your mother? That you'll stop being a bully?"

"Yes," answered Zulema. "I promise to listen to my mother and do what she tells me to do. I promise to stop being a bully at school."

"How will you treat your grandmother? You were so hurtful today," said the Witch Owl.

—¿Una promesa? —preguntó la Bruja Lechuza. —¿Me estás prometiendo que serás buena? ¿Que vas a dejar de ser mala con tu madre? ¿Que vas a dejar de ser cruel?

—Sí —contestó Zulema—. Prometo hacerle caso a mi madre y hacer todo lo que me diga. Prometo dejar de ser cruel en la escuela.

—¿Y cómo te portarás con tu abuela? Hoy la trataste muy mal —dijo la Bruja Lechuza.

"I promise to be the nicest of all to her," answered Zulema.

"Will you keep all your promises?"

"Yes," declared Zulema, "I promise."

"Good. But if you don't keep your promises, I will return. Now, my child, get on your knees and close your eyes," said the Witch Owl. "No peeking."

Zulema kneeled down and closed her eyes, just as the Witch Owl had instructed her to do.

—Prometo comportarme lo mejor con ella, —contestó Zulema.

—¿Cumplirás todas tus promesas?

—Sí, —dijo Zulema—, lo prometo.

—Bien. Pero si no cumples tus promesas, volveré. Ahora, mi niña, ponte de rodillas y cierra los ojos —dijo la Bruja Lechuza—, no mires.

Zulema se arrodilló y cerró los ojos tal y como le había ordenado la Bruja Lechuza.

"What's wrong? Why are you on your knees with your eyes closed?" a familiar voice asked.

Zulema opened her eyes and was surprised to find Grandma Sabina in her room.

"The Witch Owl was here. I saw it!"

"Witch Owl?" asked Grandma Sabina. "But, my child, there's no such thing. It's just a silly story I made up to scare you into being good."

"But I saw it. It broke the window as it flew into my room!"

"Broke your window? It's not broken," Grandma Sabina said, pointing at the window.

—¿Qué sucede? ¿Por qué estás de rodillas y con los ojos cerrados? —preguntó una voz familiar.

Zulema abrió los ojos y se sorprendió al descubrir a Abuela Sabina en su cuarto.

— La Bruja Lechuza estuvo aquí. ¡Yo la vi!

—¿La Bruja Lechuza? —preguntó Abuela Sabina—. Pero, mi niña, no existe tal cosa. Es sólo una historia tonta que inventé para asustarte, para que te portaras bien.

—Pero yo la vi.¡Quebró la ventana al entrar en mi cuarto!

—¿Quebró la ventana? La ventana no está quebrada —dijo Abuela Sabina, apuntando a la ventana.

Zulema could not believe her eyes. Her bedroom window was not broken at all.

"It was just a bad dream and nothing more," said Grandma Sabina, leaning over to kiss Zulema on the forehead.

Just as Grandma Sabina was leaving the room, Zulema noticed something fall from her grandmother's hair: a large white feather. It floated gently down to the floor and came to rest at Zulema's feet.

"Could it be?" Zulema asked herself as she stared at the white feather. "Is Grandma Sabina the Witch Owl?"

Zulema no lo podía creer. La ventana de su cuarto no estaba quebrada.

—Fue sólo una pesadilla y nada más —dijo Abuela Sabina, agachándose a besarla en la frente.

Cuando Abuela Sabina salía de la recámara, Zulema notó que algo caía del cabello de su abuela: una pluma blanca y grande flotó suavemente hacia el suelo y cayó a los pies de Zulema.

—¿Podría ser? —se preguntó Zulema al examinar la pluma blanca—. ¿Es Abuela Sabina la Bruja Lechuza?

Xavier Garza is a prolific author, artist and storyteller whose work focuses primarily on his experiences in the small border town of Rio Grande City, where he was raised. He graduated from the University of Texas, Pan American in 1994 with a bachelor of Fine Arts in Art and received his Masters in Art History from the University of Texas at San Antonio in 2007. Garza has exhibited his art and performed his stories in Texas, Arizona and New Mexico. He is the author of *Creepy Creatures and Other Cucuys* (Piñata Books, 2004), *Lucha Libre: The Man in the Silver Mask* (Cinco Puntos Press, 2005), *Juan and the Chupacabras / Juan y el Chupacabras* (Piñata Books, 2006) and *The Legend of Charro Claus and the Tejas Kid* (Cinco Puntos Press, 2008). Garza lives in San Antonio with his family.

Xavier Garza es un escritor, artista y cuentista prolífico. Sus obras se basan principalmente en sus experiencias en el pequeño pueblo fronterizo de Rio Grande City, donde se crio. Se graduó de la Universidad de Texas, Pan American en 1994 con un título en arte y recibió su maestría en historia del arte de la Universidad de Texas en San Antonio en el 2007. Garza ha expuesto su arte y dramatizado sus cuentos en Texas, Arizona y Nuevo México. Es autor de *Creepy Creatures and Other Cucuys* (Piñata Books, 2004), *Lucha Libre: The Man in the Silver Mask* (Cinco Puntos Press, 2005), *Juan and the Chupacabras / Juan y el Chupacabras* (Piñata Books, 2006) y *The Legend of Charro Claus and the Tejas Kid* (Cinco Puntos Press, 2008). Garza vive en San Antonio con su familia.